엄마표 교육 에센스

엄마표 교육 에센스

발　행 | 2022년 1월 19일
저　자 | 생각하는 별이
펴낸이 | 한건희
펴낸곳 | 주식회사 부크크
출판사등록 | 2014.07.15.(제2014-16호)
주　소 | 서울특별시 금천구 가산디지털1로 119 SK트윈타워 A동 305호
전　화 | 1670-8316
이메일 | info@bookk.co.kr

ISBN | 979-11-372-7093-0

엄마표교육 에센스

생각하는 별이 지음

목 차

〈저자 소개〉

안녕하세요. 저는 책육아를 시작으로 엄마표 영어까지, 사교육 없이 자녀를 양육하고 있는 엄마입니다. 저희 아이는 9살인 현재, 영어 동화책을 원서로 읽고 쓰며 스스로 해석할 수 있습니다. 그리고 조금씩 자기 주도 학습을 시작하고 있습니다.

저는 지인들의 권유로 올해 6월부터 블로그에 엄마표 교육 노하우와 마음공부 이야기를 나누기 시작하였습니다. 그리고 현재 2,500명 이상의 이웃들과 소통하며 함께 성장하고 있습니다.

강사 경력 10년과 엄마표 교육 10년, 저의 20년의 경험과 노하우가 자녀교육의 방향성과 방법을 고민하시는 부모님들께 도움이 되기를 바랍니다.

〈서비스 소개〉

이 책은 12가지 주제로 구성되어 있습니다.

책육아와 엄마표 영어뿐만 아니라 감정교육과 경제 교육 등 전반적인 자녀 교육에 관한 주제를 다루고 있습니다. 또한, 자녀 교육에 실질적인 도움을 드리고자 가정에서 바로 적용 가능한 구체적인 방법과 사례를 중심으로 기술하였습니다.

자녀와 즐겁게 공부하고 싶으신 분, 엄마표 교육에 관심은 있지만 어떻게 시작해야 할지 막막해서 주저하시는 분들께 도움이 되기를 바랍니다.

⟨이런 분들께 추천합니다⟩

1. 책육아, 엄마표 영어에 관심 있으신 분
2. 연령별로 구체적인 자녀교육 방법이 궁금하신 분
3. 영유아~초등학교 저학년 자녀의 학습 방향을 고민하시는 분
4. 엄마표 교육을 하다가 어려움이 생겨 중단하신 분

⟨이런 분들께 추천하지 않습니다⟩

1. 자신만의 확고한 방법으로 엄마표 교육을 하고 계신 부모님
2. 자녀가 초등학교 고학년 이상인 부모님
3. 책에서 제시한 여러 방법들 중에서 한 가지도 적용하지
   않으실 부모님

1화 엄마표 교육 전, 부모의 마음 점검

엄마표 교육을 시작하기 전, 부모로서 마음을 점검하는 시간이 필요합니다. 자녀교육의 방향성을 생각해 보고 교육의 목표를 세우는 시간입니다. 저는 자녀를 책을 사랑하는 아이로 키우고 싶어 책 육아를 시작하였고, 자녀가 배움의 과정을 편안하게 받아들이기 원해서 엄마표 교육을 선택하였습니다. 부모가 어떠한 마음과 태도로 자녀의 학습을 돕는지는 자녀의 성장에 매우 큰 영향을 줍니다. 그러므로 부모로서 자신의 교육관을 점검하는 시간은 매우 중요하다고 생각합니다.

저의 교육 목표는 배움의 즐거움을 아는 사람, 학습 습관이 잘 세워진 사람, 자기 주도 학습이 가능한 사람, 이 세 가지 토대 위에서 자신의 삶을 주도적으로 살아가는 내면의 힘을 가진 사람으로 자녀를 양성하는 것입니다. 그래서 저는 자녀에게 일방적으로 지식을 가르치기보다 자녀 곁에서 든든히 지지하며 돕기로 하였습니다.

또한, 남편과 항상 의논하며 남편을 양육의 현장에서 소외시키지 않으려고 노력합니다. 자녀가 배우고 있는 학습 내용과 관심 분야부터 교우 관계까지 다양한 주제로 대화를 나누고 있습니다.

주 교육자인 저는 전체적인 학습 방향과 습관, 매일의 학업을 돕고 있으며 남편은 자녀의 관심 주제를 조금 더 깊이 알려주고 관련 활동을 하고 있습니다. 자녀 양육은 부모와 자녀가 유기적으로 소통하고 함께 성장하는 과정이라고 생각합니다.

2화 엄마표 교육, 몇 살부터 시작할까?

태교부터 엄마표 교육의 시작입니다. 거창한 학습이 아니라 자녀와 교감하고 소통하는 과정 자체가 엄마표 교육의 시작입니다. 부모와 좋은 관계를 맺으며 신뢰 형성이 잘 되어 있을 때 자녀는 엄마와의 학습을 편안하게 받아들일 수 있습니다.

임신을 하고 저희 부부는 바로 태명을 지었습니다. 처음에는 태명을 부르는 것조차 어색했지만 태아의 심장 소리를 듣고 조금씩 실감이 났습니다. 저는 임신 안정기에 들어갈 무렵, 갑작스러운 하혈로 병원에 입원하였습니다. 다행히 태아는 건강했지만 너무 겁이 났고 아이에게 미안했습니다. 그때부터 저는 아이에게 적극적으로 말을 건네기 시작했습니다. "엄마 아빠에게 와 줘서 고마워. 우리 건강하게 만나자. 아가야 사랑해. 엄마는 우리가 만날 날을 기대하고 있어."

그리고 육아 선배인 친구에게 "베이비 위스퍼"라는 책을 선물 받았습니다. 내용을 거의 외울 정도로 정독했고, 아기가 태어났을 때 하나씩 적용해나갔습니다. 책과 현실은 다르다고 하지만 저자의 말을 믿고 아기의 울음소리, 손짓 발짓에 집중하였습니다. 덕분에 이 시기를 무난히 보낼 수 있었습니다.

저희 아이는 26개월부터 어린이집에 다니기 시작하였습니다. 어린이집에 입학하기 전까지 저는 아이와 생활 습관을 만들고 발달 단계에 맞는 놀이를 하였습니다. 틈틈이 강의와 책을 통해 배운 내용을 아이에게 적용하며 그 시기에 필요한 자극을 주려고 노력하였습니다. 자녀와 신뢰를 두텁게 쌓고 편안한 관계에서 놀이와 학습을 병행한다면 조금은 수월하게 다음 단계로 나아갈 수 있다고 생각합니다.

본격적인 학습 시기가 되어 아이와 함께 서점에 가서 교재를 구입하였습니다. 이 시간을 통해 아이와 저는 마음을 준비할 수 있었고, 같이 의논하여 교재를 선택하였습니다. 덕분에 아이는 관심과 흥미를 가지고 학습을 시작할 수 있었습니다.

어느 날 갑자기 부모가 문제집을 들고 와서 "자, 이제 공부할 시기야. 곧 초등학생이 되잖아."라는 다소 경직된 어투로 학습을 시작한다면 자녀는 초등학교 입학을 기대하기보다 두려워할 수 있습니다.

> Tip
> 자녀와 함께 서점에 가서 직접 교재를 구매합니다.
> 자녀에게 추천 교재들을 보여주고 같이 선택합니다.
> 처음에는 성취감과 자신감 향상을 위해 얇고 가벼운 교재를 선택하는 것이 좋습니다.

3화 자녀와 즐겁게 공부하는 방법

많은 분들이 제게 질문하십니다. "어떻게 긴 시간동안 학습지 하나 안 시키고 모든 과목을 가르쳤어요? 아이 숙제 봐 주기도 너무 힘들어요." 저는 이 질문을 "어떻게 꾸준히 엄마표 교육을 할 수 있었을까?"라고 바꿔 생각해 보았습니다. 그리고 다섯 가지 저만의 원칙을 찾았습니다.

첫 번째, 과도하게 기대하지 않는 마음입니다.

저는 아이가 학교생활에 잘 적응하고 학업을 하는 과정에 어려움이 없는 정도의 수준을 기대합니다. 지나친 기대는 집착이 되고, 집착은 자녀에게 부담이 되기 때문입니다.

학원을 보내지 않은 이유 중 하나도 버거운 학습량과 과제가 오히려 자녀의 학습 의욕을 저하시킬 수 있다고 생각했기 때문입니다. 자녀의 속도에 맞춰 학습의 양을 조율해 나가고 싶었습니다. 학원은 절대로 보내지 않겠다는 마음이 아닙니다. 저의 의지가 아니라 자녀의 의지로 시작하길 바랐고 얼마 전 그렇게 운동을 시작하였습니다.

저는 출산 전, 10년 정도 학생들을 가르쳤습니다. 제가 자녀를 직접 가르친다고 했을 때 주위의 반응은 비슷했습니다. "자녀를 가르치는 것이 강사보다 훨씬 힘들다.”는 것이었습니다. 저는 그 이유에 대하여 오랫동안 생각했습니다. 결론은 자녀를 객관적인 마음으로 대하기 어렵기 때문이라고 생각했습니다.

'내 자녀가 이것도 모르다니'라는 마음이 들 때 부모는 실망하게 되고 초조해지는 것 같습니다. '모를 수 있다. 가르쳐 주면 된다.'고 생각하면 저부터 마음의 여유가 생깁니다. 그래서 자녀를 재촉하거나 자녀에게 상처가 되는 말을 삼가게 됩니다.

반대로 “너는 천재야.” 같은 성과에 비해 과한 칭찬이나 “잘했어. 100점!”과 같이 평가가 들어간 칭찬도 가급적 줄였습니다. 대신 노력한 과정을 구체적으로 칭찬하며 지지해 주려고 노력합니다. 과정을 즐기는 내면의 힘을 가지고 성장하길 바라기 때문입니다.

두 번째, “매일”에 집착하지 않는 유연함입니다.

습관을 잘 세워가는 것은 긴 호흡이라고 생각합니다. 학습의 양과 시간을 주 단위로 정하고 매일의 상황과 컨디션에 따라 유연하게 조율하며 진행하고 있습니다.

학습의 주도권을 자녀에게 주고 함께 의논하면서 진행하였을 때, 아이는 자신과의 약속을 지키기 위해 노력하는 모습을 보였습니다.

세 번째, 자녀와 활동을 같이 하는 것입니다.

이것은 모델링 효과가 있습니다. 저희 아이는 작년 코로나로

인해 초등학교 입학과 동시에 온라인 수업을 시작하였습니다. 저는 아이에게 과제를 일방적으로 시키지 않고 옆에서 같이 했습니다.

예를 들어, 미래의 모습 그리기를 할 때 저도 함께 그림을 그렸고, 눈사람 만들기를 하면 아이를 도와주지 않고 저의 눈사람을 만들었습니다. 자녀의 과제를 도와주면 의존성이 높아질 수 있기 때문에 친구가 되어 같이 활동을 했습니다. 이렇게 아이와 놀이하듯 그 시간을 잘 보낼 수 있었습니다. 아이가 2학년이 되어서는 수업 준비와 과제 해결을 스스로 하고 있습니다. 어려움이 있으면 저에게 도움을 청하고, 해결한 과제를 저와 점검하고 있습니다. 물론 여러 시행착오를 겪고 있지만, 이 시간도 서로에게 필요한 과정이라고 생각합니다.

네 번째, 공부 시간을 긴장하며 보내지 않는 것입니다.
가끔 아이의 학습 태도를 보면 화가 나거나 답답할 때가 있습니다. 다른 생각을 하거나 한 문제를 오래 잡고 있을 때입니다. 그럴 때 아이에게 물어봅니다. "오늘은 공부하기 많이 힘드니? 문제가 어려운거야? 어떻게 도와주면 좋을까?"

"됐어, 하지마!"라고 일방적이고 단정적으로 제가 먼저 책을 덮지는 않으려고 합니다. 아이가 끝까지 해 보겠다고 하면 기다려 주고, 조금 줄이고 싶다고 하면 함께 양을 조절합니다. 어려운 문제를 포기하지 않으면 그것으로 충분하다고 칭찬해주고 마무리합니다.

학습의 마무리가 좋으면 자녀의 학업 성취와 자존감이 높아지지만, 마무리가 좋지 않으면 학업에 대한 스트레스가 많아지고 이런 경험이 반복되면 부모와의 관계도 안 좋아질 수 있습니다. 따라서 학습의 마무리는 무척 중요합니다. 자녀의 작은 성취를 당연하게 생각하지 않고 자녀의 노력을 가볍게 여기지 않는다면 칭찬을 놓치는 실수를 줄일 수 있을 것입니다.

마지막으로, 자녀의 조력자로서 다양한 역할을 맡는 것입니다.
부모이자 교사지만, 때로는 자녀의 친구가 되어 함께 공부하거나 자녀의 학생이 되어 배우기도 합니다.

자녀는 종종 새롭게 알게 된 내용을 저에게 가르쳐 주려고 합니다. 저는 기꺼이 학생이 되어 새로운 마음으로 자녀에게 배웁니다. "엄마가 아는 내용이야." "엄마 가르치지 말고 이 문제부터 풀어." 라고 자녀의 사기를 떨어뜨리지 않습니다.

아이가 가르쳐 주는 내용이 교과와 관련 없는 경우도 마찬가지입니다. 저는 아이에게 색종이 접기를 배우고 붓으로 그림 그리는 법을 배웠습니다. 학교에서 배운 다양한 내용들, 책이나 영상을 통해 접한 지식들을 저의 앞에서 자유롭게 펼치도록 합니다. 그 과정에서 자녀는 습득한 지식을 정리하기도 하고 새로운 내용을 배우기도 하며 자신의 생각과 마음을 표현하기도 합니다.

하지만 "엄마에게 지금 배운 거 설명해 봐."라고 억지로 자녀에게 교사의 역할을 주지는 않습니다. 이것은 부모의 의지이지 자녀의 의지가 아니기 때문입니다. 저는 자녀가 내면의 동기를 잘 알고 그 힘으로 자신 앞의 문제들을 해결해 나가길 원합니다.

때로는 아이가 문제를 풀다가 다른 이야기를 할 때가 있습니다. 예를 들어, 수학 문제집에서 민호가 사과와 배를 샀고 그 합이 얼마인지 구하는 문제를 풀면서 "엄마, 우리 집에 과일 뭐 있어요? 사과 먹고 싶어요."라고 말하거나 문제 속 과학 이야기에 대하여 자세히 알고 싶어 할 때가 있습니다.

"명왕성은 왜 태양계에서 빠진 거예요?" "세계에서 제일 긴 이름을 가진 나라는 어디예요?"라고 교과 내용과 무관한 주제를 이야기할 때도 있습니다. 그럴 때, 저는 아이와 함께 그 주제에 대하여 이야기를 나눕니다. 머릿속으로는 학습의 흐름을 잡고 있지만 자녀의 이야기에 호응하면서 아이가 끝까지 생각을 확장시킬 수 있도록 기다려 줍니다.

잠시 환기가 되기도 하고, 어렸을 때는 다소 허무맹랑한 이야기들이 아이들의 상상력을 향상시키기 때문에 이 시간을 통해서도 자녀는 성장하고 있다고 생각합니다. 문제의 정답을 맞히는데 너무 몰입하기보다 배움 자체에 의미를 두려고 노력하고 있습니다.

물론, 시간이 지나치게 길어지거나 매일 주제를 벗어난 이야기들로 학습 시간의 대부분을 보낸다면 문제가 될 것입니다. 전자의 경우 "이 문제를 마저 풀고 함께 찾아보자."라고 말하고 약속을 지킵니다. 후자의 경우는 거의 없었지만 "너의 학습을 위해 엄마의 모든 시간을 할애할 수는 없어. 네게도 다른 일을 할 시간과 노는 시간이 필요하니 해야 할 일을 우선 마무리해 보자."라고 자녀와 시간 활용에 관하여 대화를 나눌 것 같습니다.

4화 책육아 에센스

1) 책을 좋아하는 자녀로 키우고 싶다면

"어떻게 하면 우리 아이가 책을 가까이하고 좋아할 수 있을까?" 모든 부모들의 고민이자 바람일 것입니다. 저는 출산 전부터 책육아에 관심이 많았습니다. 독서 지도사 1급 자격증을 취득하고 논술 지도를 하면서 어려서부터의 독서 습관이 중요하다고 생각했기 때문입니다. 독서는 이해력과 어휘력, 사고력과 집중력을 높이는 힘이 있습니다.

저의 책육아 방법이 가장 탁월하다고 생각하지는 않습니다. 다만, 한 발 앞서 경험한 부모로서 책육아를 생각하시는 분들께 도움이 되기를 바랍니다.

첫 번째, 북스타트를 활용하였습니다.
북스타트는 "책과 함께 인생을 시작하자"는 취지로 펼치는 지역사회 문화 운동입니다. "북스타트 코리아" 홈페이지(bookstart.org)를 통해 다양한 정보를 확인하실 수 있습니다.

[지원 대상]

북스타트 : 0~18개월 / 북스타트 플러스 : 19~35개월

저는 지역 내의 도서관에 전화를 걸어 북스타트를 진행하고 있는 도서관을 찾았습니다. 그리고 그림책 두 권과 가이드북, 손수건이 들어있는 책꾸러미 가방을 선물로 받았습니다. (시행 기관에 따라 꾸러미 구성은 다를 수 있습니다.)

책 꾸러미는 자녀에게도 좋지만, 저에게도 격려와 응원이 되었습니다. 책을 사랑하는 엄마로서 첫 걸음을 떼는 기분이었습니다.

두 번째, 책을 놀잇감과 섞어 두었습니다.

자녀의 손이 가까이 닿는 곳마다 책들을 펼쳐 두어도 좋습니다. 책을 책장에 꽂아만 두면 장식품이 되기 쉽습니다. 부모에게 심적 안정을 줄 수는 있지만 자녀에게는 외면당할 수 있습니다.

아이는 장난감을 가지고 놀다가 책을 가지고 놀기도 하면서 책과 친해질 수 있습니다. 아이가 책과 장난감을 분리해서 생각하지 않고, 책을 하나의 놀잇감으로 받아들이도록 장난감과 함께 두시길 권합니다. 이 방법은 작은 도서관 사서 교육과정에서 배웠는데 저희 아이에게도 큰 효과가 있었습니다.

세 번째, 책을 한꺼번에 질로 구입하지 않습니다.

시리즈물도 한 번에 주문하는 것이 아니라 한 권씩 구매하는 것이 좋다고 합니다. 저는 지금까지 이 방법으로 책을 구입하고 있습니다. 물려받은 시리즈 책들도 있지만 아이는 그 책들에 큰 흥미를 보이지 않았습니다. 자신의 관심 분야도 아니고 원하는 책도 아니기 때문이라고 생각합니다.

자녀가 원하는 시기에 원하는 책을 구입하는 것이 훨씬 효과적이라고 생각합니다. 저는 자녀와 함께 서점에 가서 자녀가 원하는 책과 제가 선물하고 싶은 책을 구입하고 있습니다. 각자 선택한 책을 읽고 교환해서 읽어봅니다. 그리고 함께 그 주제로 대화를 나누고 있습니다.

네 번째, 서점에 자주 가는 것입니다.

저는 직접 한글, 숫자, 영어를 가르치면서 모든 교재를 아이와 함께 서점에 가서 구입하였습니다. 서점에서 교재만 사 오는 것이 아니라 아이가 원하는 것을 하나 선물합니다. 퍼즐을 선택할 때도 있었고, 만화책을 고를 때도 있었습니다. 저는 아이가 선택한 것을 바꾸거나 거절하지 않고 사 주는 편입니다. 서점이 아이에게 어려운 책들이 빼곡히 꽂혀있는 차가운 곳이 아니라 설레고 재미있는 공간으로 기억하길 바라기 때문입니다.

마지막으로, 도서관 투어입니다.

평일에는 근처 도서관에 자주 가서 함께 책을 고르고 읽습니다. 아이가 직접 책을 빌리고 반납하면서 도서관과 친해졌습니다. 남편이 쉬는 날이면 약간 먼 지역의 도서관을 다니면서 도서관 투어를 하였습니다. 책을 읽고 빌리는 것뿐만 아니라 잘 꾸며진 옥상에서 놀기도 하고, 식당에서 밥을 먹기도 하면서 도서관에서의 즐거운 추억을 많이 만들었습니다.

2) 그림책 100% 활용 방법

한 권의 그림책이라도 어떻게 읽느냐에 따라 활용도는 무궁무진합니다. 예를 들어, 추천 리스트에 있는 "일곱 마리 눈 먼 생쥐"의 경우 통합적 사고뿐만 아니라 색과 요일, 수 개념을 종합적으로 배울 수 있습니다.

제가 그림책을 활용했던 다섯 가지 방법을 소개해 드리겠습니다.

첫 번째, 책을 읽기 전에 그림을 충분히 보면서 대화를 나눕니다. 책의 표지와 뒷면을 보면서 내용을 상상해 보기도 하고 그림을 훑어보며 기대감을 높입니다.

두 번째, 제목과 지은이, 출판사를 읽어 줍니다. 이 과정은 책을 정독하는 습관 형성에 도움이 됩니다.

세 번째, 유아기 자녀는 품에 안고 함께 책장을 넘기면서 읽어 줍니다. 저는 구연동화를 잘 못하지만 최대한 생동감 있게 표현하려고 노력하였습니다. 아이는 그 시간 자체를 따뜻하게 기억하고 있습니다.

네 번째, 내용을 읽기 전 그림을 충분히 보며 대화합니다. 그림 책은 장면마다 그림을 통해 많은 의미를 전하고 있습니다. 중심 내용만 파악하기보다 그림을 보며 색깔, 요일, 수 개념 등 다양한 배움의 요소를 찾아봅니다.

다섯 번째, 자녀가 한글을 배우기 시작하면 글씨를 짚어가며 읽습니다. 스스로 글을 읽을 수 있으면, 한 권의 책을 한 문장씩 번갈아 가면서 읽거나 서로에게 한 권씩 읽어 줍니다. 하루에 책 읽는 시간을 정하거나 요일을 정하는 것도 도움이 됩니다. 초등학교 저학년까지는 책을 소리 내어 읽는 것이 좋습니다.

3) 효과적인 독후활동

저는 독후감과 같은 결과물에 집중하지는 않습니다. 어릴 때부터 지나치게 독후활동을 강조하면 독서가 숙제가 되기 때문입니다. 자녀는 책을 읽기 전부터 독후활동을 걱정할 것입니다. 그러면서 점점 책을 멀리할 수도 있습니다.

책을 읽고 이어질 내용을 상상하거나 등장인물의 마음을 생각해 봅니다. 그리고 나라면 이 상황에서 어떻게 행동했을지, 책의 내용과 비슷한 경험이 있었는지를 자유롭고 편안하게 대화합니다. 이것이 독후활동이라고 생각합니다.

그리고 일주일에 한 번 정도 여러 권의 책을 읽고 자녀가 원할 때 다음과 같은 활동들을 합니다. 책의 배경 만들기, 종이접기로 장면 표현하기, 기억에 남는 장면 그리기, 제목으로 동시나 삼행시 짓기, 등장인물에게 편지 쓰기, 퀴즈 만들어 풀기 등입니다. 요즘에는 짧은 글 짓기나 다섯 고개와 같이 게임 형식의 독후활동을 자주 하고 있습니다.

4) 책육아 그림책 추천 List

자녀와 함께 읽었던 그림책들 중 아이가 좋아하고 추천할 만한 내용의 책들을 모았습니다.

* 도서명 / 지은이
- 안녕, 파란토끼야? / 잘 웃는 토끼

안녕, 파란토끼야? (우리 아기 첫 촉감책)
글   잘 웃는 토끼
그림 소금별
출판 블루래빗   2012.01.15.

- 너는 기적이야 / 최숙희

너는 기적이야

책 | 유아

[전체] 기본정보 | 구매정보 | 리뷰 | 함께 볼만한 책

기본정보 →

저자 최숙희
출판 책읽는곰
출간 2010.09.30.
리뷰 61건

아이의 마음, 엄마의 마음, 그 내면의 진실   우리나라를 대표하는 스타 그림책 작가 최숙희가 말해주는 엄마와 아이의 마음을 담은 동화책입니다. 『너는 기적이야』는 꼬박 아홉 달을 뱃속에 품어서 처음 세상에 나온 아이를 만나서 그 아이가 성장하는 순간 순간에 엄마들이 느끼는 감동... ∨

- 엄마랑 뽀뽀 / 김동수

엄마랑 뽀뽀

저자 김동수
출판 보림 2008.03.20.
리뷰 45건
도서 8,550원 판매처 7건 >

- 손바닥 동물원 / 한태희

손바닥 동물원 (어떤 색으로 찍을까? 내가 그린 동물은 어떤 모습일까?)

저자 한태희
출판 예림당 2002.08.31.
리뷰 23건
도서 7,200원 판매처 9건 >
관련 오디오클립

- 울지 말고 말하렴 / 이찬규

울지 말고 말하렴 (베이비 커뮤니케이션)

글 이찬규
그림 최나미
출판 애플비 2011.03.18.
리뷰 35건
도서 7,650원 판매처 7건 >

- 문 뒤에 무엇이 있을까? / 아그네스 바루치

문 뒤에 무엇이 있을까?(보드북)

저자 아그네스 바루치
출판 키즈엠 2020.01.17.
도서 12,600원 판매처 7건 >

- 하늘을 나는 돼지 / 딕 킹 스미스

하늘을 나는 돼지

글 딕 킹 스미스
그림 매리 레이너
출판 웅진주니어 2003.07.25.
리뷰 3건

- 누구의 빨랫줄일까? / 캐스린 헬링, 데보라 헴브룩

누구의 빨랫줄일까? 스포츠를 맞혀라!

글 캐스린 헬링, 데보라 헴브룩
그림 앤디 로버트 데이비스
출판 어썸키즈 2017.05.20.

- 화를 참지 못하는 페르갈 / 로버트 스탈링

화를 참지 못하는 페르갈

글/그림　로버트 스탈링
출판　　키즈엠　2019.06.14.
리뷰　　1건
도서　　9,900원　판매처 7건 >

- 일곱 마리 눈 먼 생쥐 / 에드 영

일곱 마리 눈먼 생쥐 (1993년 칼데콧 아너상 수상작,네버랜드 세계의
걸작 그림책 108)

저자　에드 영
출판　시공주니어　2017.01.15.
리뷰　12건
도서　9,900원　판매처 6건 >

- 아까는 미안했어 / 이상교

아까는 미안했어

글　　이상교
그림　손정현
출판　한국셰익스피어　2016.06.01.

- 손 큰 할머니의 만두 만들기/ 채인선

저자　채인선
출판　재미마주
출간　2001.01.02.
리뷰　97건

무엇이든지 엄청 크게 하는 손 큰 할머니가 숲속 동물들과 함께 매년 새해에 먹을 엄청 많은
양의 만두를 만든다. 이번 해도 할머니는 며칠 밤을 새우며 동물들과 만두를 빚는데 좀처럼
줄어들지 않자 동물들이 불평을 하기 시작한다. 재미있는 내용의 유아그림책. ☞ 전문가 추천사! 독서지... ∨

- 기분을 말해 봐! / 앤서니 브라운

기분을 말해 봐!

책 · 유아

기본정보

저자 앤서니 브라운
출판 웅진주니어
출간 2011.07.26.
리뷰 99건

앤서니 브라운의 유아를 위한 감정 그림책 「기분을 말해 봐」. 이 책은 소심하게 움츠려 있는
침팬지에게 '기분이 어때?'라는 질문으로 시작한다. 침팬지는 여러 상황에서 느끼는 다양한
감정을 하나씩 이야기한다. 장난감이 다 싫을 만큼 재미없다가, 폴짝폴짝 뛰고 싶을 정도로 행복하다가... ∨

- 종이봉지 공주 / 로버트 먼치

기본정보

저자 로버트 먼치
출판 비룡소
출간 1998.12.22.
리뷰 151건

"정치적으로 올바른" 페미니즘 동화. 왕자 없이도 충분히 행복할 수 있는, 즉 남성위주의 시
선에서 탈피한 새로운 공주 이야기다. 뭄슬 용이 나타나서 예쁘고 똑똑한 공주의 터전을 불
살라 버리고, 신랑감 왕자는 용에게 붙들려간다. 결국 공주는 왕자를 구하지만, 왕자는 고마워하기는커... ∨

- 네모 / 존 클라센, 맥 바넷

네모

저자 존 클라센, 맥 바넷
출판 시공주니어 2018.08.15.
리뷰 34건
도서 13,500원 판매처 2건 >

- 오늘 내 기분은... / 메리앤 코카-레플러

오늘 내 기분은...

글/그림	메리앤 코카-레플러
출판	키즈엠 2015.05.22.
리뷰	25건
도서	7,650원 판매처 6건 >

- 가족은 꼬옥 안아 주는 거야 / 박은경

가족은 꼬옥 안아 주는 거야 (똑똑똑 사회 3,사회생활)

글	박윤경
그림	김이랑
출판	웅진주니어 2011.05.13.
리뷰	14건
도서	9,000원 판매처 8건 >

- 알뜰살뜰 저금하는 토끼 이야기 / 신더스 매클라우드

알뜰살뜰 저금하는 토끼 이야기 (똑똑똑 경제 그림책 3,Save it)

글/그림	신더스 매클라우드
출판	웅진주니어 2019.10.23.
리뷰	1건
도서	10,800원 판매처 8건 >

- 초등학교 입학을 축하합니다 / 최옥임

초등학교 입학을 축하합니다! (그림책으로 만나는 통합 교과,학교 1)

글	최옥임
그림	지우
출판	키즈엠 2014.02.07.
리뷰	24건
도서	10,800원 판매처 7건 >

5화 자녀의 언어발달을 돕는 방법

저희 아이는 말이 빠른 편은 아니었습니다. 간단한 단어 정도의 말을 하다가 두 돌쯤 되자 적극적으로 말을 하려는 의지가 보였습니다. 전에는 필요한 사물을 손으로 가리키거나 직접 행동하여 문제를 해결하였다면, 이제는 저의 입 모양을 주시하면서 따라하려는 노력이 보였습니다.

저는 입을 크게 벌려 아이에게 입모양을 보여주면서 또박또박 천천히 발음하였습니다. 의성어와 의태어도 많이 넣어 표현하였습니다. 처음에는 이런 행동이 어색했지만 자녀의 눈높이에서 말하는 것이 배려라는 말씀을 듣고 공감하여 노력했습니다.

문장은 간결하게 표현하였습니다. 그리고 아이의 행동을 관찰하며 자세히 묘사해 주었습니다. 자동차를 가지고 노는 아이 곁에서 "와~자동차가 지나간다. 붕붕~자동차가 지나가요."라고 아이의 행동을 따라가며 말로 표현해 주었습니다.

아이가 사용하는 단어의 수가 늘어남에 따라 수식어를 넣어 표현해 주었습니다. 예를 들어, "차"를 발음하였던 아이가 "버스"라는 두 음절의 단어를 사용하게 되었을 때, 길을 가다가 버스가 보이면, "차가 지나간다. 버스. 버-스 " 이렇게 말해 주고, 버스 장난감을 가지고 놀 때 "아까 봤던 버스다. 버-스"라고 이전의 상황을 떠올리며 반복적으로 말해주었습니다.

아이가 "버스"라는 단어를 정확히 알고 말할 수 있을 때, 다른 수식어를 추가해서 표현해 주었습니다. "와~파란 버스가 지나간다. 파란 버스. 파란 버스가 지나가요." 이렇게 간결하지만 반복적으로 수식어를 늘려가며 표현해 주었습니다.

또한, 라디오를 적극적으로 활용하였습니다. 저는 두 돌까지 아이와 모든 시간을 함께 보내며 라디오를 많이 들었습니다. 영유아 시기의 자녀에게 영상 노출을 최소화하고 싶었고, 라디오는 저에게도 세상과 소통할 수 있는 통로였기 때문입니다.

가끔 저의 사연이 소개되어 선물을 받기도 하였는데 당시의 저에게 응원과 격려가 되었습니다. 아이는 라디오를 통해 다양한 목소리와 음악을 들으며 여러 반응을 보였습니다. 옹알이를 하고 함께 까르르 웃고, 춤을 추기도 하였습니다. 라디오는 제가 채워주지 못한 다양한 언어 자극을 주는 좋은 도구였다고 생각합니다.

그리고 자녀와 어느 정도 대화가 가능할 때 낱말 카드를 활용하였습니다. 저희 아이는 24개월~36개월 사이에 언어가 폭발적으로 늘었습니다. 어린이집에 다니면서 또래와의 상호작용을 통해서도 언어가 많이 늘었습니다. 특히, 같은 아파트에 사는 친구와 하원 후에도 함께 놀았는데 그 친구가 낱말 카드를 자주 가지고 왔습니다. 둘은 카드의 그림을 보고 맞히면서 놀았고, 그 후 저희도 낱말 카드를 구입해서 자녀와 함께 그림 맞추기와 글자 맞추기 놀이를 하였습니다.

이와는 반대로 자녀의 언어 발달에 방해가 되는 부모의 행동이 있다고 합니다. 저는 강의를 통해 이 내용을 배우고 깊이 공감하였습니다.

첫째, 아이가 말하기 전에 부모가 먼저 행동하는 것입니다. 예를 들어, 자녀가 배가 고픈지 냉장고를 쳐다보거나 냉장고의 문을 엽니다. 그 때 아이의 요청이 있기 전, 부모가 먼저 음식을 꺼내 주는 행동입니다. 이런 경우 아이는 말을 할 필요를 못 느끼게 됩니다.

부모는 "배고파? 뭐 줄까?"라고 물으며 자녀와 대화하는 것이 좋습니다. 자녀가 간단한 단어라도 직접 표현할 수 있는 기회를 얻기 때문입니다. 이런 경험들이 쌓여 자녀의 어휘력이 향상되므로 부모가 급한 마음으로 그 기회를 빼앗지 않도록 주의해야 합니다.

또한, 자녀에게 열린 질문을 하는 것이 좋습니다. "우유줄까, 물 줄까?" "좋아, 싫어?" "재미있었어?"와 같이 선택적 답만 요구하는 폐쇄형 질문이 아니라 다양한 대답을 할 수 있도록 열린 질문을 하는 것이 좋습니다. "뭐가 필요해? 어떻게 도와줄까?" 열린 질문을 하면, 자녀는 부모가 예상하지 못한 기발한 대답을 하기도 합니다.

둘째, "맘마, 까까, 지지" 등의 베이비 언어를 사용하는 것입니다. 신생아 시기를 지나 말을 배우기 시작할 때 이런 표현은 도움이 안 된다고 합니다. 아이에게 혼란을 줄 수 있기 때문에 "밥, 과자, 더러워." 등의 정확한 표현으로 알려 주는 것이 좋습니다.

"할미네 가까? 아크림(아이스크림) 먹을래?"라고 자녀의 표현을 그대로 따라하는 것도 좋지 않습니다. 이런 경우, 자녀는 올바른 단어의 발음을 배울 기회를 잃게 됩니다.

마지막으로 자녀에게 자신의 하소연이나 신세한탄을 하는 것입니다. 영유아를 키우는 부모들이 많이 하는 실수라고 합니다. 예를 들어, 기저귀를 갈면서 남의 흉을 보거나 자신의 하소연을 하는 것은 자녀에게 부정적인 단어를 알려줄 뿐 아니라 부정적인 감정까지 전달하는 행동이므로 자제해야 합니다. 아이가 말은 못하지만 다 듣고 있기 때문에 평소 언어 습관을 조심해야 합니다. 자녀가 말을 시작하면 부모가 의식조차 못하는 평소의 언어 습관을 그대로 따라하는 경우가 많습니다.

저는 자녀가 어떤 말을 가장 많이 들으면서 자라면 좋을지, 자녀가 말하는 첫 문장이 무엇일지 상상하면서 긍정적인 표현으로 소통하기 위해 노력하였습니다.

언어 자극을 많이 주기위해 지나치게 많은 말을 하거나 말의 속도가 빠른 것도 좋지 않습니다. 아이가 다 이해하기 어렵기 때문입니다. 아이가 사용하는 어휘보다 한 두 단계 높은 수준의 표현을 사용하시면 좋습니다. 다른 친구들과 비교하면서 조급해하기보다 아이의 속도에 맞춰 언어 자극을 확장시켜 주시길 권합니다. 자녀의 언어가 폭발적으로 늘어나는 시기가 곧 올 것입니다.

저는 자녀의 목소리가 무척 궁금했습니다. 저에게 들려 줄 자녀의 이야기도 궁금했습니다. 이런 저런 상상과 기대를 하며 그 시기를 보냈습니다. 가끔 아기 때 자녀와 함께 듣곤 합니다. 아이는 자신의 어릴 적 목소리를 들으면서 신기해하고 재미있어 합니다. 지금의 시간은 훗날 행복한 추억이 될 것입니다.

6화 한글 쓰기, 몇 살부터 시작하면 좋을까?

자녀가 다섯 살이 되면 많은 부모님들의 고민이 시작됩니다. "어린이집에 계속 보내는 것이 나을까, 유치원에 보내는 것이 좋을까?" "한글과 수학, 이제는 가르쳐야 하지 않을까?" 그리고 학습지를 시작하거나 학원에 보내기도 합니다.

저도 다섯 살부터 한글 교육을 시작하였습니다. 물론, 아이들마다 개인차가 크기 때문에 정확한 시기를 말씀드리는 것은 무리가 있다고 생각합니다. 다만, 저희 사례를 구체적으로 설명하는 것이 참고하시기에 좋을 것 같아 말씀드립니다.

제가 본격적으로 다섯 살에 이름 쓰기와 한글 쓰기를 가르쳐 준 이유는 어린이집 누리과정과 맞추기 위해서였습니다. 대부분의 어린이집과 유치원에서는 다섯 살부터 한글 쓰기를 시작합니다. 그렇기 때문에 가정에서도 함께 시작하면 예습과 복습이 되어 학습에 도움이 될 것이라고 생각했습니다. 또한, 아이 스스로도 의지가 생기는 시기였습니다. 자신의 이름을 안 보고 쓰는 것만으로도 자신감이 높아졌고 학습에 대한 흥미를 가졌습니다.

한글 공부를 시작하기 전에 자녀와 충분히 의논하는 것이 좋습니다. 부모가 일방적으로 시기를 정하여 통보하면, 자녀의 의욕이 저하되고 수동적인 자세로 학습을 시작할 수 있기 때문입니다. 저는 자녀와 미리 의논하고 서점에 가서 함께 교재를 구입하였습니다.

저는 세 권의 책을 구입하였습니다. 첫 가위질, 첫 한글, 첫 수학 교재입니다. 처음에는 선긋기와 가위질 놀이를 주로 하였습니다. 이 과정을 통해 소근육이 발달하고 연필을 잡고 쓰는 힘을 기를 수 있었습니다.

교재는 활자가 크고 두께가 얇으며 작고 가벼운 책을 선택하였습니다. 책이라기보다는 놀이북 형태였습니다. 너무 두꺼우면 중간에 흥미를 잃을 수 있기 때문에 쉽게 끝낼 수 있는 교재로 선택하여 자녀가 성취감을 느끼도록 도왔습니다.

서점에 가서 아이도 원하는 책을 구입하였습니다. 미니 자동차 장난감이 들어있는 책이었는데 자신이 선택한 첫 책을 무척 좋아했습니다. 책에 그림도 그리고 스티커도 붙이면서 잘 가지고 놀았습니다.

이 시기에는 스티커북, 색칠북, 가위질북, 선긋기 등의 다양한 방법으로 놀이 활동을 하였습니다. 그리고 바닥보다는 책상에 앉아

활동하면서 책상에 앉는 습관을 길렀습니다.

이 시기에는 부모가 방법을 설명하기보다는 함께 놀면서 자연스럽게 모델링 하는 것이 좋다고 생각합니다. 자녀의 서툰 행동을 교정해 주려고 애쓰기보다 칭찬하고 격려하면서 함께 활동하면 자녀가 즐겁고 자연스럽게 모방하면서 익힙니다.

자녀의 연필 잡는 자세가 자연스럽고 선긋기가 가능해지면, 따라 쓰기 교재로 넘어갑니다. 처음에는 그리듯이 따라 쓸 것입니다. 글자 쓰는 순서를 가르쳐 주거나 순서가 적힌 교재를 보고 익히는 것이 좋습니다. 순서를 지키지 않고 마음대로 쓰기 시작하면 나중에 글씨체를 교정하기 어렵기 때문입니다. 다만, 자주 지적하는 것은 좋지 않습니다. 저는 아이와 연필을 같이 쥐고 쓰거나 순서를 지켜 종이에 크게 써 주고 따라 써 보도록 하였습니다. 몇 번 반복하니 아이는 스스로 책에 따라 쓰면서 외우기도 하였습니다.

교재는 단어, 짧은 문장, 긴 문장 순으로 연습할 수 있는 교재가 좋습니다. 특정 교재를 언급하지 않는 것은 직접 자녀와 의논해서 정하는 교재가 가장 좋다고 생각하기 때문입니다. 인터넷 서점보다는 직접 서점에 방문하셔서 구매하시는 것을 추천합니다.

두 번째 교재 역시 얇은 책을 추천합니다. 두꺼운 교재는 이미 두께에 압도되어 아이가 시작도 하기 전에 포기할 수 있기 때문입니다. 아이가 자신감을 가지고 비교적 쉽게 끝낼 수 있는 교재를 선택하여 주는 것이 좋습니다. 이렇게 성취의 경험이 쌓이면 자신 감이 생기고 학습에 대한 의욕이 생깁니다.

저희 아이는 말은 느렸지만 한글 쓰기는 금방 터득했습니다. 말 이 느리다고 걱정할 필요가 전혀 없습니다. 시작하는 연령보다 꾸 준함을 유지하는 것이 중요하다고 생각합니다. 하지만 늦어도 일곱 살에는 시작하시길 권합니다. 자녀가 일곱 살이 되면 부모의 마음 이 조급해지기 쉽습니다. 원치 않게 친구들과 비교하거나 자녀를 재촉하는 경우가 생길 수 있습니다. 그리고 초등학교 입학 후 에 배운다면 현실적으로 진도를 따라가기 어렵다고 생각합니 다. 특히, 1학년 2학기 때부터 받아쓰기를 하는데 수준이 갑자 기 높아지기 때문에 평소에 읽기와 쓰기 연습을 꾸준히 하는 것이 좋습니다.

7화 엄마표 수학 재미있게 시작하기

엄마표 교육을 하면서 가장 고민했던 부분이 수학입니다. 제가 수학을 재미있게 배운 경험이 적었기 때문입니다. 대학생 때 수학 과외를 했지만 내적인 흥미보다는 의무감이 컸습니다.

저는 영어를 오래 가르쳤고, 영어 교육에 관심이 더욱 많습니다. 그럼에도 수학 교육을 먼저 언급하는 이유는 자녀에게 한글과 수 개념을 먼저 가르쳤기 때문입니다.

자녀가 선긋기 연습을 하면서 숫자 쓰기를 시작하였습니다. 한글 보다 숫자가 더 쓰기 쉽기 때문에 쓰기 연습은 숫자를 먼저 시작 해도 좋다고 생각합니다.

저는 자녀가 수학을 재미있게 받아들이길 바랐습니다. 그래서 책 보다는 놀이를 통해 수 개념을 알려 주었습니다. 칠판에 자석을 붙 이면서 놀거나 다양한 퍼즐 놀이를 하였습니다. 젠가, 종이컵 쌓 기, 할리갈리, 치킨차차 등의 보드게임을 활용한 것도 도움이 되었 습니다.

그리고 놀이를 하면서 수 개념을 넣어 대화하였습니다. 예를 들어, 종이컵 쌓기 놀이를 하면서 같이 종이컵을 세어 보기도 하고 컵을 다 쌓은 후 "우리 컵이 5층이 되었네. 멋지다."라고 숫자를 넣어 말해 주었습니다. 아이가 역할 놀이를 좋아했기 때문에 마트 놀이, 식당놀이, 어린이집 놀이 등을 하면서 자연스럽게 수를 배웠습니다.

함께 장을 볼 때도 "엄마는 우유 한 팩을 살 거야. 너는 과자 한 봉지를 골라봐." "우리가 산 물건이 두 개가 되었네. 내일은 뭐 살까?"라고 수 개념을 넣어 더하기 빼기도 자연스럽게 가르쳐 주었습니다.

그리고 자녀와 함께 은행에 가서 아이 이름으로 입출금 통장을 만들어 주었습니다. 직접 저금하고 인출하는 방법을 알려 주고 통장의 숫자를 세어 보면서 수를 익혔습니다.

그림책을 읽어 주기 전, 그림을 보면서 "와 여기 곰 세 마리가 있네. 친구들인가 봐." "버스가 한 대 지나간다. 어디로 가는 걸까?"라고 문장에 수 개념을 넣어 말했습니다.

자녀가 문장을 말할 수 있는 정도가 되면 수 개념과 함께 순서의 개념을 알려 주는 것이 좋습니다. "이번엔 엄마가 먼저 해 볼게." "순서를 정해 보자. 누가 먼저 할까?" 숫자, 순서, 규칙을 함께 배울 수 있기 때문에 놀이를 통한 접근이 좋다고 생각합니다.

선긋기와 수 쓰기 교재가 끝난 후, 함께 서점에 가서 "기탄 수학"을 구입하였습니다. 1단계가 아니라 아이의 수준보다 한 단계정도 높은 단계를 선택하였습니다. 다른 과목의 교재를 선택할 때도 마찬가지입니다. 아이의 수준을 정확히 파악하고 그보다 한 단계 높은 수준의 교재를 제시합니다. 너무 쉬운 교재는 시시해하고, 너무 어려운 교재는 쉽게 포기할 수 있기 때문입니다. 저는 한 권이 끝나면 함께 서점에 가서 다음 단계의 교재를 선택합니다. 순서대로 푸는 것이 아니라 당시 아이의 수준에 맞는 교재를 다시 선택합니다.

매일 꾸준히 하면서 양을 조금씩 늘렸지만 어린이집의 학습량보다는 적었기 때문에 아이가 부담을 느끼지 않고 받아들였다고 생각합니다. 처음부터 많은 양을 학습하는 것보다 적은 양이어도 꾸준히 하면서 조금씩 늘리는 것이 효과적이라고 생각합니다.

저희 아이의 경우, 초등학교 입학 전에 수 세기는 만 단위까지 마쳤고, 한 자릿수 더하기 빼기까지 가능했습니다. 초등학교 1학년 때 도형의 개념과 시계 보기를 배우기 때문에 관련 보드게임이나 그림책을 활용하셔도 좋습니다. 초등학교 2학년 때 학교에서 구구단을 배웁니다. 저희는 1학년 때 두 자릿수 더하기가 가능해지면서 구구단을 시작하였습니다. 무조건 외우지 않고 곱셈의 개념을 설명해 주니 암기하기 전에 직접 더하면서 외우기 시작하였습니다.

일학년 때 369게임이나 구구단 게임도 아이가 무척 좋아하였습니다. 인생게임이나 포켓몬 사다리게임, 부루마블과 같은 보드게임을 통해 경제개념과 수 연산을 함께 배우는 것도 좋습니다. 자녀가 수학을 어려워한다면, 학습 만화를 통해 조금은 쉽고 편안하게 배울 수 있도록 돕는 것도 좋다고 생각합니다.

8화 엄마표 영어 에센스

저는 10년간 초, 중, 고등학생들에게 영어를 가르쳤습니다. 그 경험을 자녀 교육에 적용하면서 효과가 있었던 방법들을 소개해 드리겠습니다.

1) 엄마가 영어를 못해도 가능한 이유

엄마표 영어는 엄마표 학원을 의미하지 않습니다. 부모가 직접 가르쳐야 한다는 생각과 부담을 내려놓는다면, 누구나 엄마표 영어를 하실 수 있습니다. 자녀가 영어를 자연스럽고 친근하게 받아들일 수 있도록 환경을 만들어 주고 칭찬과 격려로 함께 하는 것이 엄마표 영어의 출발입니다. 만약, 여전히 자신이 없으시다면 자녀와 함께 영어를 새롭게 배우겠다는 마음으로 시작하시면 좋을 것 같습니다.

2) 엄마표 영어 시작하기

영어도 언어이기 때문에 한글을 배울 때와 같은 방법과 순서로 접근하시면 좋습니다. 많은 부모님들께서 이미 동요와 동영상, 영화를 통해 영어를 노출해 주고 계실 것이라고 생각합니다.

자녀가 말을 잘해도 한글 쓰기 교육이 필요하듯이 영어도 알파벳을 익히고 영어 교재를 배우는 시기는 필요합니다. 저는 언제 알파벳을 읽고 쓰기 시작하면 좋은지 개인적인 생각을 말씀드리겠습니다. 영어 교육에 정답은 없기 때문에 저의 경험이고 의견임을 다시 한 번 말씀드립니다.

저는 "흘려듣기"를 통해 자연스럽게 영어와 친해지는 것은 좋지만 너무 이른 시기에 영상을 노출하는 방법을 선호하지는 않습니다. 저희 아이는 두 돌까지 동요 CD를 함께 듣고 부르면서 영어를 익혔습니다. 세 살이 되면서 파닉스 노래와 동영상을 조금씩 보여 주었습니다. 본격적으로 영어 교재를 시작한 시기는 한글을 어느 정도 쓸 수 있을 때였습니다.

한글을 배운 후에 영어를 배워도 절대 늦지 않습니다. 연필 잡기도 잘 안 되는데 알파벳 쓰기를 시작하면 자녀가 너무 힘들어합니다. 이러한 경우 한글, 숫자, 알파벳 쓰기가 모두 지연될 수도 있습니다. 한글을 쓸 수 있을 때까지는 영어에 대한 친근감을 느끼는 정도면 충분하다고 생각합니다. 저희 아이는 다섯 살부터 한글 쓰기를 시작했고, 여섯 살에는 문장 쓰기가 가능했기 때문에 이에 맞춰 영어 교재를 시작하였습니다.

3) 교재 선택 방법과 단계별 추천 교재

● 1단계

저는 애플비에서 나오는 알파벳 교재로 시작하였습니다. 알파벳 쓰기만 연습하는 교재보다는 색칠놀이를 하면서 눈으로 익히고 글자와 친해지도록 하였습니다. 동시에 파닉스 교재를 함께 시작하였습니다. 저는 "파닉스 무작정 따라하기"라는 길벗스쿨 출판사의 교재를 선택하였습니다. 예전보다 다양한 교재들이 나왔기 때문에 저의 사례는 참고만 하시고 서점에 가셔서 직접 비교해 보고 선택하시길 권합니다.

알파벳 쓰기와 파닉스를 동시에 시작하는 것이 핵심입니다. 예를 들어, A를 한 번 써 보고, 색칠놀이를 하면서 챈트를 통해 발음을 익히는 것입니다. B를 배울 때에는 A의 파닉스를 복습하고 B의 알파벳과 발음을 익힙니다. 이렇게 반복하다보면 자연스럽게 알파벳과 파닉스를 동시에 익힐 수 있습니다.

알파벳과 파닉스를 완벽하게 끝내지 않더라도 Z까지 배우고 난 후에는 다음 단계의 교재로 넘어가는 것이 좋습니다. 다음 단계를 통해서도 부족한 부분을 충분히 채워나갈 수 있기 때문입니다.

● 2단계

두 번째 단계부터는 원서로 된 영어 동화책을 시작하였습니다. 원서 동화책을 선택한 이유는 다음과 같습니다.

첫째, 실제로 영어권 학생들이 사용하는 교재이기 때문에 살아있는 영어 표현을 배울 수 있습니다.

둘째, 한 편의 이야기가 전개되기 때문에 이해하기 쉽고 재미있습니다. 간결한 표현의 문장이 반복되고, 이야기의 흐름을 따라가며 끝까지 흥미를 가지고 읽을 수 있습니다. 문제집보다 이야기책을 선택한 이유입니다.

셋째, 영어에 대한 자신감을 높일 수 있습니다. 원서 동화책을 읽을 수 있다는 자신감, 그 뜻을 이해할 수 있다는 자신감이 다음 단계로 나아가는 원동력이 됩니다.

제가 단계별로 사용한 교재를 소개해 드리겠습니다. 영어 교재 선택하실 때 참고하시면 좋을 것 같습니다.

단계	교재명	시리즈	출판사
1	My Family	Dolphin Readers	Oxford University Press
1	A Day with Baby	Dolphin Readers	Oxford University Press
2	Jack the Hero	Dolphin Readers	Oxford University Press
3	The Shoemaker and the Elves	Classic Tales	Oxford University Press
3	The Magic Cooking Pot	Classic Tales	Oxford University Press
4	The Town Mouse and the Country Mouse	Classic Tales	Oxford University Press
5	Beauty and the Beast	Happy Readers	Happy House

저희 아이는 9살 현재, 3단계를 마친 상태입니다. 자녀의 수준을 확인하시면서 단계를 조절하시길 권합니다.

Classic Tales부터는 세계 명작 동화이기 때문에 자녀가 잘 알고, 좋아하는 이야기를 선택하시면 좋습니다.

Beauty and the Beast의 경우 교재를 마치고 함께 영화를 감상하셔도 좋습니다.

4) 효과적인 영어 교육 방법

학생들을 가르쳤던 경험을 바탕으로 저만의 엄마표 영어교육 방법을 만들었습니다. 그 방법들을 소개해 드리겠습니다.

첫 번째, 자녀와 직접 낱말 카드를 만드는 것입니다. 교재를 시작하면서 모르는 단어가 많이 나오면 아이는 겁을 냅니다. 그리고 배우기 싫어합니다. 익숙하고 잘 하는 것을 반복하고 싶어 합니다. 이 때, 모르는 단어들을 A4용지나 스케치북에 적어 자신만의 낱말 카드를 만들도록 합니다. 그림으로 표현해도 좋고, 글씨를 적어도 좋습니다. 사전을 찾아보고 단어의 뜻을 적으면서 이야기의 흐름을 파악할 수 있습니다. 이 과정만으로도 교재에 대한 거부감을 줄일 수 있습니다.

두 번째, 파닉스를 배울 때처럼 이전 내용을 복습한 후 새로운 내용을 배우는 것입니다. 반복의 과정을 통해 자녀는 읽고 해석하는 단계를 넘어 암기하는 수준까지 이르게 됩니다. 한 단원씩 완벽하게 익히고 넘어간다는 자세보다는 쌓아 올린다는 마음으로 꾸준히 반복하는 것입니다.

세 번째, 원어민의 발음을 그대로 들려주는 것입니다. 영어 교재의 경우 CD나 오디오 파일이 포함되어 있습니다. 엄마가 발음을 가르치는 것이 아니라 원어민의 목소리를 직접 듣고 따라하면서 배우기 때문에 정확한 발음을 익힐 수 있습니다. 엄마의 영어 실력이나 발음이 엄마표 영어를 하는데 크게 상관없는 이유이기도 합니다.

네 번째, 교재에 한글을 쓰지 않는 것입니다. 교재에 해석을 적어두면, 한글로 먼저 시선이 가기 때문에 책에는 어떠한 필기도 하지 않습니다. 모르는 단어가 있을 경우 공책에 적습니다. 공책은 단어장이 되고 자신만의 영어 사전이 됩니다. 영어 쓰기가 어느 정도 익숙해지면 공책에 문장 따라 쓰기를 하는 것도 좋습니다. 공책에는 해석을 써 보는 것이 좋습니다. 번역하듯 정확한 표현으로 정리하면서 어휘력과 문해 능력을 키울 수 있습니다.

다섯 번째, 조금이라도 매일 꾸준히 하는 것입니다. 적어도 일주일에 3~5일 정도는 영어 교재로 학습하는 시간을 가지면 좋습니다. 공부 습관을 형성하는 시기이므로 하루의 공부 시간이나 양에 집중하기보다 꾸준히 할 수 있도록 돕는 것이 중요합니다. 처음 시작할 때는 매일 20분 정도면 충분합니다.

저희 아이가 학습하는 하루의 영어 학습 과정을 예시로 보여 드리겠습니다.

```
1. 책 전체 듣기
2. 한 문장씩 듣고 따라 읽기
3. 한 문장씩 해석하기
4. 배운 문장 공책에 쓰기
```

이 과정을 매일 조금씩 반복합니다. 배운 내용이 많아지고 익숙해지면 다양한 방법으로 매일의 학습을 진행합니다.

〈예시〉

```
월요일 : 한 문장씩 따라 읽기
화요일 : 오디오 들으며 같이 읽기
수요일 : 오디오 안 듣고 읽기
목요일 : 해석해서 말하기
금요일 : 배운 내용 공책에 쓰기
```

위에서 언급한 방법들을 다양하게 교차하여 활용하면, 자녀는 싫증내지 않고 매일의 학습 방법을 스스로 결정하고 해내는 습관을 가질 것입니다.

9화 엄마표 감정 교육

아동심리학자들은 감정도 배워야한다고 합니다. 자신의 감정을 잘 파악하고 적절한 방법으로 표현할 수 있어야 하는데, 이것은 사회화 과정에서 후천적으로 습득할 수 있기 때문입니다. 어려서부터 자신의 감정을 수용받은 경험이 적다면, 성인이 되어서도 공감 능력이 부족하고, 자신의 감정을 회피하거나 과도한 분노로 표출할 수 있습니다.

저는 이 말씀에 매우 공감합니다. 그래서 어려서부터의 감정 교육이 중요하다고 생각합니다. 자녀의 부정적인 감정도 인정해 주고 적절한 방법과 정도로 자신의 마음을 표현할 수 있도록 돕기 위해 노력하고 있습니다. 또한, 저의 마음도 진솔하게 표현하려고 노력합니다. 감정은 평생 배우는 과정이라고 생각합니다. 가족 모두가 건강한 마음으로 상호작용을 해야 사회에서도 건강하게 대인 관계를 할 수 있기 때문입니다. 저희 가족은 세 가지를 활용하여 감정을 배워가고 있습니다.

첫 번째, 감정동화입니다. 성장동화와 감정동화를 활용하여 등장인물들의 마음을 생각해 봅니다. 같은 상황에서 나라면 어떻게 행동했을지 생각해 봅니다. 실제로 비슷한 일이 있었던 경험을 나누기도 합니다. 아이는 저의 어린 시절 경험을 들을 때 무척 흥미로워합니다.

성장 과정에서 배워야 할 주제의 동화들이 많습니다. 목욕 놀이, 양치 습관, 수면 습관, 식습관, 교우관계 등 다양한 내용의 동화들을 읽어 주거나 영상을 보고 대화를 나눕니다. 모든 책을 직접 읽어줄 수는 없기 때문에 유튜브 채널을 활용해 보시는 것도 좋습니다.

두 번째는, 감정카드입니다. 많은 분들께서 이미 활용하고 계실 것입니다. 카드의 단어를 보고 그림을 그려 나만의 감정 카드를 만들어 보거나 표정으로 맞히는 스피드 게임으로 활용해도 좋습니다. 감정 카드를 보며 경험을 나누기도 합니다. 언제 이런 마음을 느꼈는지, 방금 행동은 어떤 감정에서 나온 것인지 카드를 보면서 찾아봅니다. 함께 읽은 동화책 속의 인물들의 마음을 카드에서 찾아보기도 합니다.

무엇보다 화가 났을 때 자신의 복잡한 마음을 객관화하고 구체적인 단어로 표현할 수 있어 좋았습니다. 감정카드는 온 가족이 함께 하는 것이 좋다고 생각합니다. 자신의 감정을 확인한 후에는 서로에게 표현합니다.

"네가 이렇게 말하니 섭섭해.” "네 마음이 상했다면 미안해.” "그렇게 말해 주니 정말 고마워.” 이렇게 마음을 말로 표현하면, 오해가 풀리고 서로를 이해하게 됩니다.

세 번째, 성장앨범입니다. 저는 "맘스다이어리"의 성장 앨범을 세 권 가지고 있습니다. 맘스 다이어리에서는 100일 동안 일기를 쓰면, 성장앨범을 무료로 출간해 주고 있습니다. 요즘은 사진을 인화하는 경우가 적은데 성장앨범을 시기마다 만들어 주면, 가끔 아이와 보면서 추억을 나누며 대화하기 좋습니다. 자신이 기억하는 과거도 있고 잊고 있던 일들도 있기 때문에 아이가 매우 좋아합니다. 무엇보다 지속적인 부모의 사랑과 관심을 받으며 자라고 있음을 느끼며 행복해합니다. 자연스럽게 엄마, 아빠의 어린 시절에 대한 이야기도 나누고 어린 시절의 엄마, 아빠를 만나는 상상도 해 봅니다.

저는 자녀의 첫 돌 때, 초음파 사진부터 일 년 동안의 사진들을 인화해서 성장 판넬을 만들었습니다. 그 판넬을 거실 벽에 붙여 놓았는데 우리 가족은 자주 그 사진들을 보며 대화를 나눕니다. 특히, 신랑은 자녀에게 실망하거나 화가 날 때 그 사진들을 보면서 당시의 마음으로 돌아간다고 합니다.

"엄마 아빠에게 와 줘서 고맙다."
"건강하게 태어나서 감사하다."
"엄마, 아빠를 보며 웃어줘서 고맙다."
"잘 먹어줘서 고맙다."

존재만으로 고맙고 감동이던 아이에게 기대가 커지고 욕심을 부리는 자신의 모습을 돌아보게 된다고 합니다. 부모의 일관되고 지속적인 사랑의 표현과 태도가 건강한 마음을 가진 자녀로 성장하도록 돕는 가장 큰 자양분이라고 생각합니다.

10화 엄마표 경제 교육

가정에서의 경제교육은 실전이라고 생각합니다. 자녀가 경제 개념을 바르게 배우고 몸으로 익힐 수 있도록 도와주고 있습니다. 저의 다섯 가지 경제 교육 방법을 소개해 드리겠습니다.

첫 번째, 자녀와 직접 입출금 통장 만들기입니다. 저는 아이가 어렸을 때, 청약 통장과 어린이 통장을 만들어 주었습니다. 자녀 명의로 통장을 개설하면 만 원을 입금해 주는 통장이 있었습니다. 혜택이 은행마다 다르고 매 년 바뀌기 때문에 통장을 만들기 전에 필요한 서류와 함께 알아보시길 권합니다.

입출금 통장은 6살 때쯤, 아이와 함께 은행에 가서 만들었고 명절이나 어린이날 받은 용돈을 아이가 직접 저금하도록 하였습니다.

두 번째, 각자의 저금통 만들기입니다. 저희 가족은 각자의 저금통을 가지고 있습니다. 자신만의 용돈을 모으는 재미도 느끼고 서로의 돈을 함부로 하지 않기 위해서입니다.

세 번째, 명절이나 생일과 같은 특별한 날, 어른들께 받은 용돈의 20%는 현금으로 직접 주라는 경제 교육 강의를 들었습니다. 그리고 아이와 의논한 후 지금까지 적용하고 있습니다. 현금으로 받은 용돈을 제외하고는 통장에 입금하고 있습니다.

때로는 고가의 장난감을 원하는 경우가 있습니다. 그 때는 모은 용돈 내에서 사거나 통장의 돈을 인출해서 구입합니다. 자신의 용돈으로 구매한 것은 유해한 제품이 아니면 대체로 허용해 주고 있습니다. 이것이 용돈을 모으는 동기 부여가 되는 것 같습니다. 일곱 살 때쯤 용돈을 모아 저의 첫 생일 선물을 사 주었습니다. 그 때의 감동은 평생 잊을 수 없을 것 같습니다.

네 번째, 하루와 일주일 단위로 사용할 금액 계획하기입니다. 아이가 초등학생이 되고 매 주 일정한 용돈을 주고 있습니다. 용돈 기입장을 쓰다가 너무 힘들어해서 지금은 중단한 상태입니다. 경제 교육도 좋지만 스트레스를 받으면서까지 시키고 싶지 않기 때문입니다. 내년부터는 용돈의 액수를 올리고 용돈 기입장을 다시 써 보기로 하였습니다. 올해는 하루와 일주일의 사용 금액을 각각 정해서 규모 있게 사용하는 습관을 연습하고 있습니다. 또한, 도서관에서 어린이 경제 관련 도서도 빌려 보고, 나름의 경제적인 용돈 활용법을 생각할 수 있도록 돕고 있습니다.

11화 엄마표 교육에서 자기 주도 학습으로

육아 멘토 오은영 박사님은 자녀교육의 목표를 "독립"이라고 말씀하십니다. 저는 이 말씀에 깊이 공감합니다. 저는 자녀의 걷기 훈련을 늘 기억합니다. 엄마인 내가 대신 걸어 줄 수 없습니다. 자녀가 스스로 서고 걸을 수 있도록 도와주는 것이 부모의 역할입니다. 친구들과 비교할 필요도 없습니다. 친구들보다 늦게 걸으면 어쩌나 조바심을 내며 걱정했던 자녀들 모두 지금은 잘 걷고 달립니다. 저마다의 속도로 뒤집기를 하고 일어서고 걸었듯이 자신만의 속도로 잘 성장할 것입니다. 부모는 걷는 모습을 보여주고 손을 잡아주며, 칭찬과 격려로 자녀의 곁에 있어주면 된다고 생각합니다.

자녀가 인생의 여정에서도 스스로 잘 서고 걸어갈 수 있기를 바랍니다. 어려움을 만났을 때 조금은 수월하게 극복할 수 있기를 원합니다. 그래서 자기 주도 학습이 필요하다고 생각합니다. 학습에 대한 내면의 동기를 찾고, 문제 해결의 방법을 스스로 찾아가는 과정이기 때문입니다. 나아가 인생의 방향성을 찾고 문제를 해결해 가는 연습이라고 생각합니다.

저는 자기 주도 학습을 위해 엄마표 교육을 하고 있습니다. 자녀의 곁에서 함께 문제를 해결해 가는 과정을 모델링하고, 생활 습관을 기르도록 돕고 있습니다. 그리고 현재, 아이와 저는 각자의 독립을 조금씩 연습하고 있습니다.

자기 주도 학습의 첫 번째는 시간의 자기 주도성을 갖는 것입니다. 자녀가 초등학교 1학년까지는 친구처럼 함께 하면서 직접 보여주고 같이 연습했습니다. 그 과정이 익숙해지고 2학년이 되면서 조금씩 작은 독립을 하고 있습니다. 스스로 과제와 준비물을 챙기고, 하루의 학습량을 정합니다. 저는 뒤로 살짝 물러나 있습니다. 도움이 필요할 때 도울 수 있도록 이제는 자녀의 뒤에서 든든한 조력자로 서 있습니다.

아이는 자신의 하루를 어떻게 사용할지, 일주일과 한 달은 어떻게 보내고 싶은지 계획을 세웁니다. 한 달은 연습하기가 아직 어려워 매일에 집중하고 있습니다. 하교 후 칠판에 시간표를 스스로 적습니다. 그리고 하나씩 성취해 갑니다. 계획을 중간에 수정하거나 지키지 못하는 날도 있습니다. 그 때는 "오늘 못 지켰으니 내일 잘 지켜보자!"라고 약속하고 하루를 마무리합니다.

저는 학습에 관해서는 선물과 같은 보상을 약속하지 않습니다. 공부가 수단이 되고 조건이 되는 것을 원하지 않기 때문입니다. 과정을 칭찬해 주고, 잘 해낸 일이 있을 때 축하의 의미로 선물을 주기도 합니다. 하지만 "이 문제집 다 풀면 선물 사 줄게." "100점 맞으면 소원 들어줄게."라고 말하면, 부모를 위한 공부라고 잘못 인지할 수 있기 때문에 학습 결과에 조건을 달지 않고 있습니다.

자신의 하루, 자신의 학습을 통해 자신의 인생을 살아가기를 소망
하며 응원하고 있습니다.

12화 엄마표 교육 슬럼프 극복하기

　지금까지의 시간이 결코 쉽거나 간단하지는 않았습니다. 지금도 부모로서 부족한 저의 모습을 매일 발견하고 반성합니다. 제가 잘하고 있는지에 대한 확신도 부족했습니다. 자녀에게 섭섭하거나 화가 날 때도 있었습니다. 그럴 때마다 저는 세 가지 방법을 사용했습니다.

　첫 번째, 마음의 안정을 회복하는 나만의 공간을 만들었습니다. 저는 매일의 다짐과 생각을 짧은 글귀로 인스타그램에 남기기 시작했습니다. 자녀 교육을 하면서 방법이나 교재보다 중요한 것은 저의 마음을 잘 다스리는 것이었기 때문입니다. 주변의 말에 흔들릴 때도 있고, 나의 부족함을 보며 고민할 때도 많았습니다. 긴 시간 휘둘리지 않고 나아갈 내면의 힘이 필요했고, 저는 글로 이 마음을 정리하고 스스로를 다독이며 오늘까지 왔습니다.

　블로그를 시작하면서 조금 더 긴 호흡으로 마음공부 이야기를 일기처럼 써 내려갔습니다. 스스로에게 건네는 위로이자 격려이자 다짐이었습니다. 시간이 흐르면서 저의 마음에 공감해 주시는 분들을 만났고 함께 소통하면서 더욱 용기와 힘이 생겼습니다. 자녀교육의 방향성에 대한 확신도 들었습니다. 그리고 한걸음 더 용기를 내어 저의 양육 이야기를 나누기 시작했습니다.

나만의 공간을 가진 후의 유익은 또 있습니다. 여러 관계 속에서 때로 부정적인 감정이 들 때 상대방에게 바로 표현하는 것이 아니라 이 곳에서 나만의 방법으로 감정들을 풀어놓고 정리하였습니다. 이 시간을 통해 문제의 본질을 찾기도 하고 감정이 해결되기도 하였습니다. 그리고 나서 상대방에게 마음과 생각을 말하면 좀 더 안정적이고 절제된 표현으로 전달할 수 있었습니다.

두 번째, 자녀에게 감사와 사과에 인색하지 않으려고 노력합니다. 자녀를 양육하면서 "사랑한다. 고맙다."는 말은 자주 합니다. 하지만 사과를 하는 경우는 많지 않은 것 같습니다. 부모로서 부족함과 연약함을 인정하는 것이기 때문이라고 생각합니다. 하지만 부모도 사람이기에 실수하고 잘못합니다. 이것을 인정하고 자녀에게 솔직하게 말하려고 노력하고 있습니다. 혹시 자녀에게 과한 방법으로 나의 부정적인 마음을 표현했다면 하루가 지나기 전에 자녀에게 사과를 합니다.

부모가 되면서 저는 다짐했습니다. "고마움과 미안함을 지나치지 말고 표현하는 부모가 되자." 자녀가 나의 본심을 알아 줄 것이라고, 자녀는 나를 무조건 이해해 줄 것이라고 기대하지 않습니다. 표현하지 않으면 상대방은 알 수 없습니다. 그래서 저는 직접 말로 표현하려고 노력합니다.

학습을 할 때도 모르는 부분이 있으면, "엄마도 모르겠어. 함께 찾아보자."라고 말합니다. 이렇게 말한다고 해서 자녀가 엄마를 무시하지 않습니다. 부모가 솔직해야 자녀도 부모를 솔직히 대한다고 생각합니다. 또한, 부모가 자신의 부족함을 인정하고 개선해 나가는 태도를 보이는 것 자체를 자녀는 배우고 있다고 생각합니다. 자녀는 부모의 삶 전체를 통해 배우기 때문입니다.

세 번째, 매일 아침 거울을 보며 마인드 컨트롤을 합니다. 나를 향해 웃어 웃어주며 말합니다. "나는 지혜로운 엄마다. 나는 잘 할 수 있다. 나는 잘 하고 있다. 나는 나를 사랑한다. 나는 사랑스러운 엄마다." 성인이 되면 격려받기보다 격려하는 상황이 많아집니다. 타인을 칭찬하고 격려하는 일은 익숙하지만 스스로를 칭찬하는 것이 어색했습니다. 하지만 나에게도 격려와 응원이 필요하다는 것을 깨달았습니다. 그래서 다른 사람에게 기대하기보다 스스로를 격려하며 다독이기로 했습니다. 그렇게 스스로를 사랑하는 엄마가 자녀를 큰 마음으로 건강하게 사랑할 수 있다고 믿기 때문입니다.

이 글을 읽으시는 모든 분들을 응원합니다.
그리고 당신의 자녀교육을 진심으로 응원합니다.

〈부록〉

저의 블로그에 올렸던 글입니다.
초등학생 학부모님께 도움이 될 것 같아 첨부합니다.

[교과 연계, 마인드맵을 활용한 동시 짓기]

초등 2학년 교과 내용 중 하나인 동시 짓기를 마인드맵을 활용하여 해 보았습니다. 글짓기를 어려워하는 자녀에게 도움이 되면 좋겠습니다.

1. 종이 가운데에 주제어를 적습니다. 주제어와 관련된 단어 5가지를 연결하여 적어봅니다. 저희는 "색종이"라는 주제어로 정했습니다. 요즘 색종이 접기에 푹 빠져 있거든요.

2. 중심어의 하부 단어에서 3가지 단어를 더 생각해서 채워 넣습니다. 그러면 주제어와 관련된 단어가 15개 만들어집니다.

3. 단어를 이용한 짧은 글을 지어봅니다. 저희는 연결할 수 있는 만큼 최대한 단어를 생각해서 연결했습니다. 그리고 그 단어들을 조합해서 짧은 글을 지었습니다.

4. 하나의 주제로 짧은 글을 연결한 뒤 행과 연을 구별하여 문장

을 다듬습니다.

5. 각자의 시를 읽고 서로에게 피드백을 해줍니다. 아들은 저에게 "생생하게 꾸며주는 단어가 들어가면 좋을 것 같아요."라는 피드백을 해 주었고, 저는 어색한 단어의 표현을 다듬어 주었습니다.

6. 같은 주제로 또 하나의 동시를 함께 완성해 보았습니다. 한 행씩 번갈아 가며서 하나의 시를 지었습니다.
이렇게 저희는 마인드맵을 활용하여 3개의 동시를 완성하였습니다. 다음 날 또 하고 싶다고 해서 주제를 "쿠키"로 정했습니다. 이번에는 마인드맵만 완성했어요. 굳이 동시까지 가지 않더라도 이런 글 놀이만으로도 상상력과 어휘력을 높이는데 도움이 되었다고 생각하고 만족합니다. 아이를 칭찬하고 격려하되 무조건 완성을 해야 한다는 의무감을 주어 부담을 줄 필요는 없다고 생각합니다. 함께 지은 동시와 마인드맵을 첨부하니 참고해서 아이들과 즐겁게 글 놀이를 해 보세요.

색종이 세상

- 생각하는 별이와 아들 -

내가 만든
색종이 세상
하하호호 신나는 세상

용이랑 백조랑
돼지랑 토끼랑
우린 모두 친구

내가 만든
색종이 세상
알록달록 예쁜 마음 나누는
행복한 세상

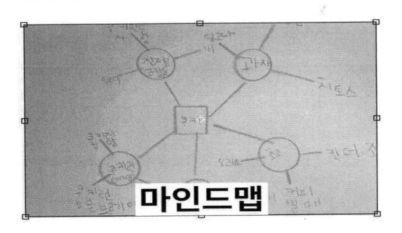

마인드맵